魚腹裡的詩人

THE POET IN THE FISH's BELLY

洪郁芬　Yuhfen Hong

潛入記憶的深水池
到了底，便無法浮出水面
嘆息漂浮在左右換氣的岸邊
著窸窸窣窣下著的雨
爾閃電雷鳴

潛入水深之處
一尾白堊紀的腔棘魚
今後不知該往哪兒流浪？
如此漫無止盡的前進
為了與你相遇

潛入更深的水流
一日的蕩漾使人魚變成公主
環抱著你

目錄

詩歌的精神
——洪郁芬女士著《魚腹裡的詩人》詩集序

◎楊允達博士

詩歌是人類最精粹的語言，也是人類表達意志和感情最富有真、善、美的藝術結晶。詩人是人類的菁英，也是人類歷史的傳承者和見證人。古希臘盲詩人荷馬於公元前八、九世紀創作的兩部長篇史詩《伊利亞特》和《奧德賽》，以詩歌紀錄他那個世代的史蹟，被希臘人譽為《聖經》。柏拉圖曾說過，精通荷馬史詩就精通了一切。荷馬史詩是古希臘文學中最早的一部史詩，也是最受歡迎、最具影響力的文學著作。它是歐洲敘事詩的經典範例，內容豐富多采，故事情節和人物形象為後世歐洲的諸多作家提供了豐富的素材。

距今約 2,400 年前，中國大詩人屈原寫了不朽的詩篇《離騷》和《九歌》這兩部作品。《離騷》對後世文人深具感染力，其主題與風格為其他辭賦作家所模倣，發展為漢代的辭賦傳統，啟發遊仙詩與閨怨詩的寫作。《九歌》則是浪漫主義文學的代表作品，在中國文學史上有崇高地位。

　　《世界詩人大會》創立迄今超過 50 年，擁有 1,600 多名詩友會員，遍佈全球 65 個國家，在已往的 50 年曾在全球約 30 個國家和地區，舉辦了 39 次會員大會，旨在「以詩會友，透過詩歌促進世界和平」。去年我們在印度舉辦「第 39 屆世界詩人大會」具有非凡的意義，因為印度是擁有三千年文化歷史的大國，而布班尼斯瓦又是一個詩歌的城市，有許多 6 至 13 世紀的印度教寺廟，被稱為「印度聖殿」。從廣義上講，布班尼斯瓦是泰戈爾（Rabindranath Tagore）的故鄉。他是享譽世界的印度著名詩人，也是公認的第一位獲得諾貝爾文學獎的亞洲詩人。

　　我們非常感謝布班尼斯瓦市 KISS 和 KIIT 大學的創始人沙曼塔博士對籌組第 39 屆世界詩人大會的熱情支持，旨在促進「通過詩歌促進世界兄弟情誼與和平」。有來自 50 個國家的約 1,000 名詩人，其中包括七名來自台灣的詩人，參加了為期七天的大會。

來自台灣的年輕詩人洪郁芬女士，以她的詩〈魚腹裡的詩人〉參加了第 39 屆 WCP 中文組詩歌大賽並獲得第二名，對此我們感到非常自豪。這是洪女士第一次參加世界詩人大會，並獲得了詩歌比賽獎。這不僅是洪女士的榮幸，也是台灣所有詩人的榮幸。

洪女士畢業於台灣政治大學日語系並獲得學士學位，因此她用日語撰寫俳句，並獲得了日本俳人協會第二十四屆九州俳句大會秀逸獎，和日本第四屆蓮的俳句大會委員會獎。

此外，洪女士畢業於台灣中正大學外國語文學系，獲得碩士學位，她將自己的作品從中文翻譯成英文，例如：〈地窖〉（Cellar）、〈白河的蓮〉（Lotus in the White River），〈魚腹裡的詩人〉（The Poet in the Fish's Belly）、〈封城〉（Closed City）、〈長榮街老屋〉（Old House on Changrong Street）、〈無停點的飛行〉（Non-stop Flight）、〈嘉南美地〉（Beautiful Chia Nan）、〈古厝遊〉（Travel to Old-style Houses）。

洪女士在大多數詩歌中都運用了抽象和超現實主

義風格的優美技巧。

在〈地窖〉中,她開始了她簡潔的自然語言:

　　跟著你,如走過火山冷卻了熔岩

　　斷裂的鋒口切割極沉默的夜

　　細碎的話語如碩石撞擊地表

　　沉默彷如深坑埋沒了虹彩的微光

在〈白河的蓮〉中,她用創新的現代詩句:

　　我們於體內交替著日與夜

　　晴和雨不約而同叩門來訪

在〈魚腹裡的詩人〉中,她展現獨特的風格:

　　腐臭的骸骨裡我吟詠最後一首詩

　　頌讚你。當我騎單車遠離瘸腿的身影

　　四月輕巧的風吹散蒲公英蒼白的棉絮

　　頌讚你。暴風雨的窗口陪伴所有孤獨者等候

　　劃過夜空的南十字星

在〈長榮街老屋〉中,她突出創新的意象:

　　相處總是一分兩秒的,如精緻的舊磁磚

　　跨越時空鋪在屋裡的每一面牆

　　奶泡般濃郁的愛遮蓋了忙碌的日子

也遮蓋了你的完整和我的殘缺

　　總而言之，洪女士觀察了生活中的一切，並試圖把握其中的美的真實本質。她曾在她所著的《渺光之律》（Tune of Tiny Light）詩集中強調：「我們是自然的一部分，所以自然存在於我們之中。因此，樹就是你，你就是樹。」這證明了洪女士的詩歌富有宗教色彩，並延續了「詩歌精神」。

　　　　　　　　　2020 年 3 月 25 日於桃園龜山無所畏齋

The Spirit of Poetry
—Preface of "The Poet in the Fish's Belly" by Ms. Yuhfen HONG

By Dr. Maurus YOUNG

President of World Congress of Poets

Poetry is the most quintessential language of mankind, and is also the richest, truest and most beautiful artistic expression of the human feelings. The poet belongs to the elite of mankind and is the witness and custodian of human history.

The two Greek epic poetry works, *Iliad* and *Odyssey*, written by the ancient Greek poet Homer in the 8th and 9th centuries BC, recorded the history of his time and were praised by the Greeks as highly as the *Bible*. Plato once said that he who masters Homer's work has mastered everything.

Homer's works are the earliest epic poetry works in ancient Greek literature and remain the most popular and influential literary works of all times. They are classic examples of European narrative poetry. They are rich in content, and their stories and imageries have provided fertile materials for many generations of writers in Europe.

About 2,400 years ago, the Chinese poet Qu Yuan wrote the immortal poems "Li Sao" and "Nine Songs". "Li Sao" appealed to many generations of poets who carried on with its format, themes and style, developed into the well-known school of Cifu in the Han Dynasty, and later inspired the poetry of the "Immortals and Boudoir Repinings". The "Nine Songs" is a representative work of romantic literature and has a lofty position in the history of Chinese literature.

The World Congress of Poets (WCP) has been established in 1969 and has more than 1,600 members from 65 countries. In the past 50 years, it has held 39 general meetings in over 30 countries around the world to promote "World Brotherhood and Peace through Poetry." Last year, we were holding the 39th WCP in Bhubaneswar, India, September 29 - October 7. This has extraordinary significance for the WCP as it is the third time held in India, a great country with 3,000 years of cultural history.

Bhubaneswar is a city of poetry with many 6th-13th century Hindu temples, often referred to as a "Temple City of India". Broadly speaking, Bhubaneswar was the homeland of Rabindranath Tagore, the world famed great poet of India who has been recognized as the first Asian poet won the Nobel Prize in Literature.

We are most grateful to Dr. Achuyta Samanta, founder of KISS and KIIT Universities of Bhubaneswar, for his warm support to organize the 39th World Congress of Poets aimed at the promotion of "World Brotherhood and Peace through Poetry." Some 1,000 poets from 50 countries, including 7 poets from Taiwan participated in the 7-day World Congress of Poets.

I am very proud that Ms. Yuhfen Hong, a young poet from Taiwan, participated in the Chinese Poetry Contest of 39th WCP with her poem "The Poet in the Fish's Belly" 〈魚腹裡的詩人〉and won 2nd place.

This is the first time that Ms. Hong attended the World Congress of Poets and won the prize of Poetry Contest. It was not only a great honor for Ms. Hong, but also the honor for all poets from Taiwan.

Since Ms. Hong was graduated from the Department of Japanese of Taiwan's Chengchi University and obtained a bachelor degree, she could write Haiku in Japanese and won the Excellent Award of the 24th Kyusyu Haiku Contest of Japan Haijin Association（日本俳人協會第十四屆九州俳句大會秀逸獎）and the Committee Award of the 4th Totigi Lotus Haiku Contest（日本第四屆蓮的俳句大會委員會獎）.

Since Ms. Hong was graduated from the Department of Foreign Language and Literature of Taiwan's Chung Cheng University and obtained a master degree, she could translate her works from Chinese into English, such as:〈地窖〉(Cellar),〈白河的蓮〉(Lotus in the White River),〈魚腹裡的詩人〉(The Poet in the Fish's Belly),〈封城〉(Closed City),〈長榮街老屋〉(Old House on Changrong Street),〈無停

點的飛行〉(Non-stop Flight),〈嘉南美地〉(Beautiful Chia Nan),〈古厝遊〉(Travel to Old-style Houses).

In most of her poems, Ms. Hong shows her polished techniques of abstract and surrealistic style.

In " Cellar," she begins her clear, concise verbal of nature:

> *Follow you as walking through the volcano, as cooling the lava*
> *Broken front cuts an extremely silent night*
> *Fine words are like meteorites hit the surface of the earth*
> *Silence is like a deep pit buried the iridescent shimmer*

In "The Poet in the Fish's Belly," she displays a unique style:

> *I chant the last poem in the rotten bones*
> *Praise you. When I ride my bike away from the lame figure,*
> *Light wind in April blow away dandelion's pale cottons,*
> *........You wait with all the loners by stormy windows*
> *For the Southern Cross across the sky*

In "Lotus in the White River," she uses innovative modern verses:

> *We alternate day and night in our bodies*
> *Sunny and rain come to knock the door*

And in "Old House on Changrong Street," she highlights the image of innovation:

Together for a minute or two seconds, like old ceramic tiles
neatly spread across time on every wall of the empty house.
Love thick as milk bubbles hides the busy days,
concealing your completeness as well as my failings.

In conclusion, Ms. Hong observes everything in life and tries to grasp the true nature of beauty within. As she said in her poetry book *Tune of Tiny Light*, "We are part of nature, and so nature exists in us. Thus, the tree is you and you are the tree." It proves that Ms. Hong's poems are rich in religious beliefs and also perpetuating "the Spirit of Poetry".

Gueishan, Taoyuan, March 25, 2020

"Un parfum de poésie"
「詩的郁芬」
——從象徵和信仰談《魚腹裡的詩人》

◎張漢良

　　今年三月一日我收到創世紀詩友洪郁芬的電郵，委婉地探問我願否為她即將出版的詩集作序。巧合的是，當天下午我無意間看到法國第五臺 TV5 的時尚設計節目「潮流 21」，取名甚雅，稱 "Un parfum de poésie"，直譯應為「詩的香水」或「詩的郁芬」。熟悉解構詮釋思潮者，或許會同意此直譯「總已經」（"toujours déjà"）是某種「意譯」——亦即它為另一層更早的直譯之轉喻。從符號學的觀點而論，這反映出語言符號在語意層次的編碼、解碼、再編碼……。因此所謂原初的詮釋，早已淪為再度詮釋，寫詩評的人永遠要抱持著此憂患意識。此外，他應當體會，自詡自誇的新論點可能「總已經」是陳舊的，存在著古老但無法確定的來源。

　　寫序的古老體例包括對作者的「頌讚」，此文學術語出自六朝《文心雕龍》第九篇〈頌贊〉，作者劉勰溯其源至《商頌》：「四始之至，頌居其極」。在西方古典傳統中，最早的頌讚為歌詠英雄凱旋的"encomium"，品達（Pindaros, C. 518-438 BCE）為個中翹楚。前蘇格拉底的詭辯哲學家高爾及亞（Gorgias, 483-375 BCE），異軍突起，援用此體，為海倫翻案，竟成千古絕唱。此頌體後世概稱"eulogy"，不限於特定文類，故流於浮泛。無論名稱如何，這種社交性質的文類，多半遵循與特定場合有關的修辭體制，距今天的文學評論，關係頗遠。中世紀到文藝復興時代，頌讚的一個變奏是名字遊戲，夙為筆者所偏愛。有句口頭禪，傳說源自愛爾蘭：「押我入韻，不然吃掉你！」（"Rhyme me, or I'll eat you!"），開此頑笑的據說是史詩中，以歌聲誘人的海妖賽冷（Siren）。如果被考驗的人不假思索，脫口而出"Silent Siren"（/ 賽冷特 / ≅ / 賽冷 /），仍然難逃一死。因為照英語發音，這組韻

"/'saɪ.lənt/≅/'saɪə.rən/"，含「頭韻」（alliteration）
/'saɪ/ 和「準內韻」（assonance）/ən/，聽來無懈可
擊，但係「拾得」（trouvée [found]），鑄詞欠工，未
免太方便簡易了。此外，從參與語用行為的「受話方」
賽冷女妖的觀點看來，此韻非但魯莽，簡直是大逆不
道，「怎敢叫本姑娘閉嘴！」如此這般，傻子不知符徵
（le signifiant）必然具有符旨（le signifié），未能察覺
答案裡所隱藏的語意矛盾 "without any sound" ≠ "loud
warning"（「無聲」≠「大聲警示」），竟成了要命的
雙面刃。

　　交代這段詩歌源起的雜談，目的是為筆者的頌讚
遊戲辯護。回到本詩集，具體而言，人為的、社會文明
化的「香水」從自然界的「郁芬」（例如聖經常見的
「乳香」和「沒藥」）中提煉出來，「郁芬」復進入中
文命名系統，為詩集作者本名。此中符號的演繹過程，
誠然曲折複雜。長話短說，"Un parfum de poésie" 最妥
切的中譯似為「詩的郁芬」，透過語法的倒錯置換，
亦可謂「郁芬的詩」（"la poésie parfum"），或更個
人化的 "la poésie d'une parfumeuse"（「香水女師傅之

詩」）。君不見，〈暮春之城〉第 4 段 4 行：「你在我耳後塗抹鈴蘭香水」（〈創世紀〉199 期，87 頁；本書，92 頁），此處的「你」，雖係文法的男性，誠然指「香水男師傅」（"parfumeur"）也。這個例子說明：構成文本的字、詞等符號單元，固然如 1960 年代末到 1970 年代初的解構論者所謂，會自由衍生、蔓延，但這並不阻礙它們，偶然落實在個別詩篇的特定語境裡，產生出個性化的意義。

上面這份禮讚，無關乎押韻。看似語意層次的文字遊戲，背後卻有深意，有待吾人明辨。聰敏的妳——如我，無意中翻開網路版法文《詩辭典》（Dico Poésie: le dictionnaire de la poésie），看到一個吸引人的條目："poésie parfum"，就譯作「詩的郁芬」吧！統領五十首詩的——可想而知，且絕對當之無愧的——是象徵主義先驅波特萊爾的名作，十四行詩 "Correspondances"，乃眾文學史家心目中現代詩的起點。1972 年我曾把這首詩譯作〈聯繫〉，這兩天反覆思量，覺得不甚妥切。但其他可能的代換詞，如「對應」、「共鳴」、「通訊」，甚至於專業性的文學術語「通感」或「聯覺」，都只能傳達部分意思，無法在更高的層次上交代象徵主義所強調的、終極的精神超越，遑論宗教信仰。以下略為發揮，並以此詩為階梯，導向「郁芬的詩」，權充給作者的獻禮吧！

「自然是一座聖殿，它鮮活的廊柱／時而發出混亂的言語／路人穿越了象徵的森林／週遭的林木熟稔地端祥著他」（1-4 行）。波特萊爾的名作，開宗明義地就點出自然（"la nature"）與藝術（"un temple"「聖殿」）的認同，呼應了古典哲學中，自然（φύσις [physis, nature]）和藝術（τέχνη [techne, art]）二者先對立、後融合的主題。此處詩人用了「聖殿」一字，作為「藝術」的提喻（synecdoche），同時作為「宗教」的轉喻（metonymy）。樹木能操人言——雖然語意不明朗，更點出語言為萬物編碼的功能，絕非簡樸的「擬人化」可一言以蔽之。此處所謂「象徵」，非僅明言的「森林」（"des forêts de symboles"），更有深層的、語言作為全覆蓋後設系統的啟示。這種對語言的反思，是建構現代性的重要因素。我們暫時說到這兒。

為何法文《詩辭典選集》（Frédéric Jézégou,

Dico Poésie Anthologie de la Poésie Française, © 2008-2020）裡的「詩的郁芬」特輯以〈聯繫〉這首詩打頭陣呢？熟悉波特萊爾作品的讀者，很少有不讚賞、喟歎其中繁富的感官意象者。詩人在〈聯繫〉有限的十四行裡，召喚出各種意象，尤以嗅覺香氣為盛——「琥珀香、麝香、安息香、檀香」（"l'ambre, le musc, le benjoin et l'encens"）（13 行）等眾香襲人，瀰漫著寰宇；各種感官印象共生，彼此融入，相互流轉。「宛如悠長的迴聲……，/ 芳香、色彩、聲音彼此應和 // 此處的香氣似兒童肌膚般鮮嫩 / 如雙簧管般柔和，像草原樣碧綠 //——還有呢，腐朽的、富饒的、輝煌的『香氣』」（5 行，8-11 行）。氣味係大詩人波特萊爾執意為其「感官帝國」所開發的沃土；筆者最鍾愛覆沓迴旋的〈夜之和諧〉（"Harmonie du soir"），因與本序主旨關聯不大，且限於篇幅，只得就此打住。

讓我們回到郁芬的詩，邀請讀者啟航（l'invitation au voyage），親近〈暮春之城〉裡的眾香：「零碎的肢體飄散著暗香」（2 行）、「香豌豆」（16 行）、「鈴蘭香水」（21 行）、「早廚滿溢著筵席的菜香」

（24行）、「茉莉的胭脂，朱槿的盈盈幽香」（31行）。此首「花間集」遙追波特萊爾，嗅覺伴隨著視覺（「翠枝」、「淡藍小花」、「一片無垠的碧綠」）、聽覺（「……輕聲詠歌嗟歎」、「柔軟的花瓣是聆聽的耳垂」）、觸覺（「牡丹花芽點燃的指尖」、「你在我耳後塗抹……」）、運動感覺（「軀體／……在起伏的風中搖擺」）等諸般感官印象，在此經驗世界共生，所謂 "synesthesia"（通感）是也。容筆者套用波特萊爾〈夜之和諧〉裡的詩行作一小結：「每一朵花，都吐出芬芳，宛如香爐；／聲音與氤氳流轉在晚空；／感官遂憂鬱而慵懶地起舞」（2-4 行）。

　　無可諱言的，詩並非感官意象語（多為複詞）的堆砌，它們是肌裡分子，新批評健將藍森（John Crowe Ransom, 1888-1974）稱之為「局部字質」（local texture），散佈在詩命題或敘述體的邏輯結構（logical structure）裡。受過結構語言學洗禮的詩論家，自有另一套更細膩勁健的說法，羅曼·雅可布遜（Roman Jakobson, 1896-1982）的表述為：多層次的語意成分往語法結構的投射，詩功能得以彰顯。波特萊爾的〈聯繫〉和郁芬的〈暮春之城〉各有思路、章法，也各有思想懷抱。

波特萊爾筆下的 "Correspondances" 是複數的名詞，指涉繁富駁雜的經驗。五音、五色、五味⋯⋯諸般「感覺」在現象界裡相互召喚，屬同一層次的「水平的聯繫」，而感官經驗往外無限的延伸，把靈魂提升，運送到另一層次的彼世界（"les transports de l'esprit et des sens"），是所謂「垂直的聯繫」。此詩唯一的宗教意象「神殿」，實與宗教無關，卻意外地指涉藝術的殿堂。人與自然的互動實為藝術營造過程，自然的草原也罷，人為的雙簧管也罷，無窮的萬物無限的延展，這一切都必須透過語言象徵編碼。這種藝術至上論調，揭櫫了超越教派、教儀、教義的另類信仰。

〈暮春之城〉的運動軸線有隱、顯二條分支：在表層發展的是現象世界於時間之流中的推演；隱藏在感官經驗背後，最終被「揭露的」——詮釋學所謂的「揭開面紗，露出真相」（"unveiling"）——是宗教性的精神超越。這兩條線，或可說兩種力量——感官的誘惑力與宗教的引領力，偶而交叉，相互拉鋸，呈現不自主的張力（例見 22 行）。詩文本狀寫的時序由具象的夜晚（1 段）到清晨（4、5 段），其跨越的時延由月初某夕（4 行）的片刻（1 行）「切」到抽象的四季（16-17 行）、歲月的秋千，以及生命的河川（11、14、15 行）。時序的切換與遞嬗，率皆由花情花語演出；設若 1 行的「曇花」為「片刻」的通俗隱喻，16-17 行的「杜鵑」、「香豌豆」、「野菊」和「茶花」則為四季的轉喻。如此這般，這首詩既可化約為意象群，以及香水施受人物的「場面調度」，語意單元朝向時間軸的句構投射。走出文本內的語意世界，從文類的角度來考察，難道它不是經文筆體與二十多首俳句的排列組合嗎？就形式的鍛練而論，以俳句為底蘊的〈暮春之城〉與十四行詩〈聯繫〉異曲同工，各擅勝場。

　　由於學養背景殊異，筆者無能亦無權討論神奇的宗教經驗，更無法參透信仰的奧秘。然而這本詩集既然命名為《魚腹裡的詩人》，或許它遙指筆者喜愛的《舊約》先知約拿的故事，因此順便說兩句，作為此序的結論。對違逆其意旨的約拿，耶和華的諸般考驗包括為「大魚」吞吐。《新約》〈馬太福音〉轉述耶穌和法利賽人的對話（13章39-41節），略謂，你們要我顯示「神蹟」（"sign"[σημεῖον]「符徵」，按：天主教思高本作「徵兆」，容筆者妥協稱之為「象徵」）？我可以舉先知約拿的象徵。約拿在大魚（按：欽定本釋「大魚」為「鯨魚」）腹裡待了三天三夜，人子（"the Son of man"）也將在地裡待三天三夜……。你瞧，這兒有位比約拿還了得的人……。這段經文非同小可，耶穌現身說法解經，舉先知約拿自況，開啟了新、舊約的文本互訓以及「預示論」（typology）傳統，後來被聖奧古斯丁發揚光大，為西方詮釋學奠基。預示論對筆者的啟發何在？《舊約》與《新約》平行，約拿預示（"prefigure"）了耶穌，「先知」和「人子」又預示了《魚腹裡的詩人》郁芬。筆者不敢胡言亂語，暗示波特萊爾「預示」了洪郁芬，但容我借用〈聯繫〉裡的詩句：「宛如悠長的迴聲，在遠方融入／幽暗深邃的整體」（5-6行），〈暮春之城〉亦何妨視為〈聯繫〉在遙遠東方的迴音？雖然先知書和福音書都沒提到約拿在魚腹中的細節，或許懺悔祈禱為詩創作的泉源吧。這本詩集經常閃現信仰的靈光，需要有心的讀者去探索和體驗。筆者有幸讀到尚未發排的詩稿，感謝郁芬的恩賜。

2020 年 3 月 6 日於臺北市

一

黑曜岩頁

信者走下樓梯
盜火，燃亮起十七盞油燈
握著尖鏟把地一寸寸挖深

The believer walks down the stairs
Steals fire, lights up seventeen oil lamps
Holding a shovel to dig deeper inch by inch

水

反方向流逝，是我不熟悉的
如一尾艷麗的魚
沿著淺岸洄泳，也能展開飛鰭
於退潮的日子遁入礁堡

水成暗流時渾然驚醒
那飛鰭膀已折斷，如今
柔弱的四肢划著波瀾
迷失在陌生的海域

溺水者都知道生死的典事
那洪濤如同夏日的炎熱
陪伴受傷人入睡，即是一首
虛構的詩歌，與水以相同的方向
流動，歡愉便即救贖

逝水總是算計不了代價
將一個往日的我挽回

迷宮

每一個岔口都有兩道聲音
是氤氳的白花與低雲，或是
光影對比的日照和樹蔭
難以辨明它們所屬的季節。我知道
不受管教的肉體循著悅耳的鳥囀走回原點

離開的路盡是枯荻交纏的枝子
迷失在鋪滿桃李的花毯，許多時候
選擇月橘花香的小徑，譬如快樂
在漫長的黑夜前埋首於胸口的悸動
聽迦百列對天咆嘯而予我耳語

整座迷宮是個遊樂園，我情願不出去
突如其來的終點是淡薄的微風
像遠離浮城，頭帶著荊棘坐在寶座上
拋下的石頭提醒我於遊戲結束前及時回轉

而我仍迷戀杜鵑花叢蜜蜂歡快的呻吟
在漩渦中期盼這個早晨
不用雙腳，以上帝之吻
帶我進入永恆繁茂的春天

春霧

嘉義終於顯露了清晰的輪廓
遠山、稻田和樹林幻化成春天的白
蓬頭垢面的招牌上不兜圈子的電纜
早餐店往來的機車騎士和藍白拖
色鉛筆般淡化了對於鄉里的褒貶
原始是文明，是揮之不去的基本需求

霧後豔陽的小城糾纏著慫念
衝突的色彩如限制觀點的敘事
藏身於急促的自責裡渺小如字
如罹患狹心症久坐教堂不移
模糊的夜晚在呼息聲中進入空寂
依然朦朧的愛裡遠方那人背光分明

野草紛飛之際

抱著一束野薑花如抱著今生
香草迷失了離開園子的路徑
我們在一個不願掙脫的迴響中
將這一路走來的風景遺忘

我連打噴嚏並醉臥花叢堆
草野中飛滅的是貓和秋蝶的飄逸
暗忖毀滅的角度定是如此微妙的偏移
他們的遊樂散播著濃烈的病源
讓純白的花托瞬間黃褐

此時腦海縈繞著創世記經文
而心縱然安置於園內
總能使肉身為了被驅趕而癡迷
翱翔在天地萬有之先或眼前佳美的果子
我切切等候一帖輪迴的解藥
讓過渡的淪喪如一次分娩的痛

井仔腳天日

夕陽緩緩下降荒漠
田裡的小鹽山整齊膜拜
地平線隆起光的奇蹟和炙熱
同我流下很鹹的淚

若非一句問候
誰能任由風吹曝曬
赤裸在滾燙的海水
至終淬煉成透明結晶
始終無法抵擋的命運

你依然抗拒
異鄉的候鳥短暫停靠
終將展翅飛往陌生的海域

風乾的夜裡田地鹹了
朦朧月光僅一只給丟的扁擔

飛行

01 入境

藍色墨水
空白表格寫下
第一次
婚禮：11KJ
托運行李：家人
無處方箋的藥品
十公升以上的酒精
三公克以下的床頭興奮劑
海關扣押偽造的心情

02 腕錶

正面是精準的跳字日曆
背面是月亮對應地球和太陽
蛻變的軌跡，滴答！

03 氣流

忽然下雨
看不見晴天和驟雨的界線
水滴斜斜爬落
一面浸濕的冷
你說喜歡下雨
說我該換雨傘的顏色

忽然放晴
天空還下雨
落荒的水滴戍守邊緣
不敢妄自進退
靜候一聲孤鴻的號令
滴答

04 出境

長又蜿蜒的隊伍
路過重重關卡

走走　停停

各自追尋的國度
托著沈重的行李
離地

雪輕輕飄飛奮起湖車站

無疑地我們沉睡
從日常猛烈地左搖右晃
闔眼踏入紛紜的聚落

人群中我們的疲憊
穿梭老街窄短無日的巷弄
任由遠方的車笛不停催促
終點啟程的時候

我們在月台蹲坐期盼
那輛搭乘的火車帶領我們回返
起點而外的翠竹坡
那頭寒帶的雪花
綿綿覆蓋糾纏交錯的軌跡

眼前的回程如匆匆掠過的昨日

僅留冬和雪的冷冽
埋沒半個浮生的經過

我們的歸途沿著鐵軌更深更遠
離去時暖帶的青楓葉
枯槁枝椏的春天櫻樹
拂窗勾勒融雪的紋路
樹影模糊的馬賽克
遠景鋪成幾何形狀的破碎

隱約若聞鋼輪背後的寂靜
以完整無瑕的懊悔
於摩擦尖銳處致歉
於岔道口更變
使路面的起伏重新
行走線上

而旅途持續顛簸
或夢或醒的沙發座椅

顏色相撞的棉布枕套
歲月殘留的頑固黃渣

一片雪花飄飛
瞬間，晃動的車廂停駛
它不發一語地融入夜
　　的
　　　傷
　　　　痕

續葉慈基督重臨

黑暗又下降，如今我明白
為何你在我身上猖狂？
我認你為主，以虔敬的默禱

以焚燒的玫瑰，炙熱的夜
我獻上青春的白孔雀
你雙手愛撫我脫盡的羽衣
噢良人，離開我吧！

如今同你深坐火焰
儘管我焦黑的手
蜥蜴的爪刺入岩壁
懸在半空仰望蛇皮纏繞的枯木

我吶喊！你的名未出口
我是倒立的狂獸面向地谷
你不曾在的懸崖

立冬之後

夜晚使城市沉靜成一座中世紀的修道院
窗外的燈河沖刷燥熱的街道
你住進一個狹小的房間
守著規則與戒律不與鄰室交往
與一張桌子和一張木床相對
卸下身上的行囊，卸下口袋的車票和相片

僅餘狹小的窗如孤島般囚禁目光和時間
逐漸放大的影子在無邊的雲端
飛翔後墜落，如天使貶謫人間
你決定點燃一盞微弱的燈
將字句加熱沸騰成豐足的筵席
飽食後便能卸下黑色頭巾和長袍
分身另一個世界的你

地窖

跟著你走下樓梯
盜火，燃亮起十七盞油燈
握著尖鏟把地一寸寸挖深

鐵鎬下的黑曜岩頁
砂片打磨出凹陷的岩眼
光的層紋透露年份的秘密
蝙蝠狂飛，吸吮無形的寒與毒

瘟疫使白晝沉寂
囚牢的高牆攀爬著，紫藤與鬣蜥
都浮泛著死亡浮動的暗影

跟著你，如走過火山冷卻了熔岩
斷裂的鋒口切割極沉默的夜
細碎的話語如碩石撞擊地表

沉默彷如深坑埋沒了虹彩的微光

我緊緊握著黑曜岩，不讓你奪去
著火的地牢，被指痕刮傷的你
戴著我昔日褐黃的臉孔，離去

Cellar

Follow you down the stairs

Steal fire, light up seventeen oil lamps

Holding a shovel to dig deeper inch by inch

Obsidian sheet under an iron pick,

Sanded out hollow rock eyes

Light striae reveal the secret of the years

Bats fly, suck invisible cold and poison

Plague silences the day

Climbing the high wall of the prison, wisteria and iguana

All floated the shadows of death

Follow you as walking through the volcano, as cooling the lava

Broken front cuts an extremely silent night

Fine words are like meteorites hit the surface of the earth

Silence is like a deep pit buried the iridescent shimmer

I hold on to obsidian tightly, won't let you take it away
A dungeon on fire, you, scratched by finger marks
Wearing my tan face of the past, get away

Translated by Yuhfen HONG

白河的蓮

為何蒙著昨日的臉？你和我
花的朱殷為一盞閃爍的紅燈
葉的青綠為承托淚珠的絲巾
前來的都映於天光朦朧的水面
沉入枯草糾纏的泥濘，更深

六月的風啊你的香膏
墊著腳尖，緩步於悠長的小徑
漂浮於記憶的陰霾和雲隙，漂浮於
夢境外的暗角和清波，一眨眼
前方的大道車輛奔波不知去向

我們於體內交替著日與夜
晴和雨不約而同叩門來訪
浮雲般游移於無邊的想像
以遙遠的星星為思慕的故鄉

始終仰望著顛倒的方向，於漫長的黑夜
廢除了白晝的約定。你和我
最終的歸宿是土，無燃燒不熄的烈火
跪著嗚咽，踩踏先民劃定的田界

你這蓮花中最美麗的若與我親嘴
天起涼風，日影飛去
合掌的花苞空中搖動了七十個七

Lotus in the White River

Why do we cover up yesterday's face?
Take flowers' vermilion as flashing lights
Leaves' verdure as scarves to support teardrops
Those who come are reflected in the hazy sky of the water,
Sink into the mud tangled with hay, deeply

Oh June wind, your balm
On tiptoes, jogging on a long trail
Floating in memory's hazes and clouds,
Floating around the dark corners and clear waves
Out of a dream, in the blink of an eye,
Vehicles on the road ahead run around somewhere

We alternate day and night in our bodies
Sunny and rain come to knock the door
Clouds swim in boundless imagination

Admire distant stars as home

Always look upside down, during the long night,

Abandon the day's agreements, you and me

The ultimate destination is soil, no burning fire

Kneel down sobbing, stomp the boundary

set by the ancestors

If you kiss me, the most beautiful lotus

Breeze cools, shadow of the sun flies

The clasped buds shook Seventy sevens in the air

Translated by Yuhfen HONG

魚腹裡的詩人

腐臭的骸骨裡我吟詠最後一首詩
頌讚你。當我騎單車遠離瘸腿的身影
四月輕巧的風吹散蒲公英蒼白的棉絮
某一次回眸後只能等待最後的審判
即便我不曾改變注視明日更寬廣的疆域
堆疊的書卷記錄著花間逐蝶的晌午
日夜舉杯歡慶，於葡萄酒熟釀的季節

讚美你。以孩童之姿聚集南北貨殖
於蠻荒之地鑿井引水
暴風雨的窗口陪伴所有孤獨者等候
劃過夜空的南十字星
秋天把蘆葦壓傷，溪流得以滋長
羸弱的雛鳥可以脫離羅網
而我總是缺席，總是背對著
同一水平線上，佇立於前方枯槁的身影

世界滂沱大雨。混濁的黃沙撲打秧歌之地
曾經我厭惡一朵雲慈悲的飄移而
略過約瑟被骨肉拋棄的野地坑洞
當他成為異域的奴僕，下牢後被遺忘
如你輕輕掠過我寫下的每個沉重的字

而今我於你差遣來的藍鯨腹裡
蒙保守懷摭，手上記著你的名
餘日於天陰地暗中縮小成一盞薄弱的燭光
噢！誠願你顧念我所不配得的
憐憫。雖人淡如菊，卻仍有讓人
沉醉的一個未命名的封土

The Poet in the Fish's Belly

I chant the last poem in the rotten bones

Praise you. When I ride my bike

away from the lame figure,

Light wind in April blow away dandelion's pale cottons,

Can only wait for the final judgment

after a certain review

Even though I haven't changed gazing at

the wider territory of tomorrow

Stacked scrolls record the noon that

flowers chasing butterflies

Toast day and night to celebrate

during the winemaking season

Praise you. Gathering north and south goods as a child

Digging a well in the wilderness

You wait with all the loners by stormy windows

For the Southern Cross across the sky
Autumn crushes the reeds, stream grows,
Weak fledglings can escape from the net
And I'm always absent, always facing away
From the withered figures standing ahead
in the same horizontal line

The world is raining heavily
Turbid sands beat the land of rice sprout song
Once I hated the cloud drifted compassionately
skipping Joseph's wild pit
abandoned by his flesh and blood,
When he became an exotic slave
forgotten after going to jail
As you lightly pass every heavy word I write

Now in the belly of the blue whale you've sent,
Upheld and carried with your name in hands
The remaining days shrink into a weak candlelight in the dark

Oh! I sincerely hope you care about what I don't deserve
Mercy. Though as pale as chrysanthemums,
There's still an intoxicating unnamed mound

Translated by Yuhfen HONG

野草紛飛

空氣中瀰漫著屬地的愛
由花園裡被囚禁的飛行員散播
城牆上刻印著不可違抗的封令
唯獨天使的翅膀無疆界

Earthly love pervaded in the air,
Scattered by pilots imprisoned in the garden
An irresistible seal is engraved on the walls,
Only angel wings are boundless

封城

空氣中瀰漫著屬地的愛
由花園裡被囚禁的飛行員散播
城牆上刻印著不可違抗的封令
唯獨天使的翅膀無疆界

疫情蔓延至萬邦萬族
病原體貌似上古神獸牙豚
不停的吶喊自己的名字來繁衍
口中伸出兩雙大獠牙
奔馳驅趕前來共食的友儕

他晝夜虔誠祈禱，屈膝讚頌
盼望蒙騙天罰之門的守衛
摘下鋪蓋城市天空的細密巨網
任由他飛往破曉的天域

徘徊春陰朦朧的秘密花園
黑夜的噩夢餘音不停迴響
發情的伯勞鳥交尾時啁啾歡叫
纏網的逃離者力竭墜崖

臥倒於野草紛飛之際
他因人間之愛感染致死
成為登錄在書冊上的
無名無姓無居址的零號案例

Closed City

Earthly love pervaded in the air,
Scattered by pilots imprisoned in the garden
An irresistible seal is engraved on the walls,
Only angel wings are boundless

The epidemic spread to all people and all nations
Pathogens looked like the ancient beast Tooth Boar,
Kept yelling their names to reproduce
Two pairs of large decayed fangs,
Ran and drove out friends who came to eat together

He prayed day and night, knelt and praised
Looking forward to deceiving the guardian of the gate
To take off the fine giant net that covered the city sky
Let him fly to the realm of heaven at breaking dawn

Hovering in the secret garden of shadowy spring,

Aftermath of the nightmare kept resounding at night

Estrous Shrikes howled when mating

The webbed fugitives fell from the cliff

Lying on the flying weeds,

He died of infection by human love

Being registered in the book,

The zero case without name and address

Translated by Yuhfen HONG

泳

成為光，沿著池底靛藍的身影
高音的鳥鳴，童子的戲語，雲的線條
糾纏的繩索一絲絲散了開了
引向無限的彼岸，彼岸的盡頭
觸碰暖煦的源頭，復於源頭微漾漂泊
拍拍手腳頭顱，隨波游移
游移萬有起始的節奏
拍拍仲夏日喚醒沉睡的白晝

成為影，疊著濃淡不一的消逝
長號的低音，墨色的薔薇，散落的夜
挪動著撥開黎明的手臂
背著蒼白的天頂潛返無盡灰暗
隱蔽的皺褶如深海岩漿緩緩蠕動
於胸口推開薄明的遠景
畫一個圓、兩個圓、三個圓

經過黑經過你同在的豐盛地

偎貼著時間連綿的波浪
於指尖滴落清晨的芳草露珠
血脈鼓動著心臟跳躍
光影的紋路如靈流淌於前世今生
擘餅般粉碎我的形體，撒在水面
破碎的肢體中仍保有你迴游時的溫度

長榮街老屋

相處總是一分兩秒的，如精緻的舊磁磚
跨越時空鋪在屋裡的每一面牆
陽光隔著玻璃照亮撫摸你的手掌
無瑕疵的背是無限寬廣，所有蹣跚的詩句
如木製的門窗半掩，聆聽巷口靠近的腳步
輕輕地坐在咖啡廳的空沙發旁

歷史同我等待一個身影，過去不再說話
讓欲言又止的合影填滿文字的空白
奶泡般濃郁的愛遮蓋了忙碌的日子
也遮蓋了你的完整和我的殘缺
吞噬一口融化的濕潤便與你連結
如那日在星河滿月中緊緊擁抱

Old House on Changrong Street

Together for a minute or two seconds,
like old ceramic tiles
neatly spread across time
on every wall of the empty house.
Sunlight brightens up and touches your palm
from the other side of the glass.
Your impeccable marble back infinitely broad,
all the staggering lines of verse
listen to the footsteps approaching the alley,
like wooden doors and windows left half-open
gingerly settle next to the unoccupied sofa in the café

Accompanied by history I wait for a shadow
the past no longer speaks,
only to let the hushed photo of us fill in the empty space
left by the absence of words.

Love thick as milk bubbles hides the busy days,
concealing your completeness as well as my failings
I swallow a mouthful of melted dampness
to connect with you,
like the other night we clinched each other
in drowsy desires against a brimming starry river

Translated by Yanwing LEUNG

千日千夜

春天飼養了一隻蟲在我們中間
藍色的飛沫裡擁有光和影的公倍數
順游河川抵達遠方的島嶼
兩顆隔空凝望的七月星斗
洄游至被荊棘割傷的
一個窗內虛擬的白色九號病床

你從不停止使用的噴霧藥液
將旅途的記憶暈染成百合花般
雪白的暗影。我執火石刀，刈割
病歷邊緣的碎枝敗葉
浸泡在陳釀的葡萄酒瓶裡

臥病的灰魂靈軟弱無助，等待治癒
休憩在山泉漂白過的床單上
晨寢的白天使緊抱著不放
終於忘記拆散一對情侶的，夢

遊園

華山地的藝文如浪般推捲
所有閒置的空間被填滿如我
濕潤的思念使牆面斑駁
昔日的暗香吹醒了
雜沓的喧囂在我們握緊的手掌心
尋覓可打滾的草坪

害怕分別，如打開沉厚的木音樂盒
為季節裡的間隔譜寫曲調
敲打木工的孩童都擁有相似的影子
尋不見愛時，蹲坐遊樂園的木坊
溫暖的水晶唱片撫慰著
生命一次復一次的守候

夜宿水源

水陲山驛的旅途裡念想著
那源流即沿途的風景
使一片雲惦記著地上的過往

遊牧於跨時區的空間
禱詞不停漂泊於緩慢的清醒
一座挺拔的山峰在光影中流動
沉睡於最高學府的水源
地上的石道鋪滿金黃楓葉
恍惚中緊握著季節的花瓣
盛開在最溫暖的冬天

半眠的漆黑中惟有詩能覺醒
以餐飲來劃分早晚的作息
所愛在千里外的陸地

微笑的眼睛

逝水般柔和，總笑我傻的可愛
不確定是否讀懂你獨特的喜樂
譬如墜入懸崖後攀爬至一個高度
於啟示錄後將年光縮小成此刻
我想到聖子在被賣的那一夜對於猶大
對於貓咪的利爪撲空後深情的凝視
是一口不枯竭的井在眨眼間
映照夜空一輪冷月朦朧，花簇上
孤挺的高山巨木讀懂你逐漸淡去的幽黯
我打撈漂浮水面的點點落櫻
譜成一曲春雨連綿。留待夢醒時刻
沿著臉頰漫溻到那起伏的柔軟與慾望

柚子

不剝開是真實的承諾，裹著厚重傷痂
是堡壘，護城河四面環繞，也有衛兵
晝夜看守，縱使他們常打盹也偷偷出遊
今晚的諸羅城一輪滿月的燈照

剝開是對生命的真誠，存在
幾近荒謬。毛蟲成蛹化蝶
振翅便於遙遠的西方成颶風
混沌的雲吹往家鄉
兒時記憶的山河，父老如故
中秋的習俗，芒草如故

聞你是不變的儀式
保留完整的香氣
如同高山收留清風
收留我日夜靜候的春天

留不住涼風吹息
青楓燃燒凋零
你內裡仍完好如故

潭

潛入記憶的深水池
碰了底，便無法浮出水面
讓嘆息漂浮在左右換氣的岸邊
聽著窸窸窣窣下著的雨
偶爾閃電雷鳴

潛入水深之處
一尾白堊紀的腔棘魚
今後不知該往哪兒流浪？
如此漫無止盡的前進
為了與你相遇

潛入更深的水流
一日的蕩漾使人魚變成公主
環抱著你
如沉睡的森林環抱一座潭

以身體的重量躺在微波細影
熟練未曾有的肢體上
徹夜不眠的藍襯衫

午後

思念帶我來到一潭清澈的水邊
風吹醒了漣漪的柔軟
已無蜻蜓的掠影和雲的倒映
波痕下水草蔥鬱雜然
追敘著沉淪在此的紛擾戀情

環繞的是萬頃綠籬和青草堤
從木橋俯瞰自己的影子
於水源投下一抹黯漆
想鄰近能清洗而不被浸濕的彼岸
如菩提樹垂懸的牽牛花
懸空守住不即不離的邊境

恬靜的午後緊隨著日落黃昏
造物者以獨到的秘訣流露何物為美
彷彿有聲音在水面上切實呼喊
當我躲避所有的邀請唯有你

聚

台北的雨細柔的
隔著寒暄和應對
隔著美酒和佳餚
黑森林蛋糕的巧克力在融化
看不到的桌下，有我們的默契

前方的空位
是搭車北上時我的眼神
不停的向前擁抱
飄海而來的藍襯衫
搖晃著睡意如思念在暖冬旅館

十一月吹起號角守感恩的祭
我們從季節的南北畫廊
帶回一路的祝福
當末聲的號筒響起

禧年也終將臨到
雨水豐盈的凌雲之地

河堤路

前菜是奶油慕斯脆餅
柔滑的你，如詩的手指撥動
融化在草坪、樹枝與衣裾上
散落的粉瓣輕偎著艷紫茶花

愛河是一首迴旋曲夢裡纏綿
三拍子、六音符，漣波蕩漾
水晶杯中跳躍的玫瑰香檳
晌午撫媚的陽光不得安息
最後的午餐，結尾的音符特別悠長
歲月不急切等待答語
我們重新上床，含著太妃糖睡熟

管樂節

奇幻的音符和調子囚禁你，在嘉義
每一節末尾都重複如咒如頌
帶你從城裡回來有南面小窗的家
失去魔法的牧女哀泣為了
化為飄羽地表的艷紫荊

有捷足的少女在踩街的隊伍中落單
為你中途遺下傳說中的金黃蘋果
清脆如長笛迴轉於風鈴木的間奏曲
繞過一座暖冬的森林公園
比翼雙飛的鳥聲千迴百囀
在陽光普照的每個拐角處留下倩影

倘若心於組曲的第二章被盜取
不妨唱著歌跳進樂隊的大海
讓藍鯨和白豚都泅到北迴歸線的國度
月光中帶你我登上浪花如醉的海岸

布拉姆斯協奏曲

鋼琴是我的心跳
呼吸大提琴長音
迷迭香花園，微風道歉
讓我們原諒

精靈影子彈跳撥弦
沉睡森林小路
夜光蝶聚散紛紛
月色是秋天
不知誰的亮粉如音符間隔
飄落我們尾音的纏綿

強音弱音，是喜是悲
停頓，輕一點快一點
當我們坐在共鳴的和弦
騎白馬搖晃

河面餘音漣漪
慢跑加速，疾馳
水波上蹄子拉花
一條開了又合的延長線

阿拉伯商展

你的祝詞流下眼淚
亞特拉斯山峰的雪
你面前所有的白
成灰

這朵沙漠紅玫瑰
拉下百葉窗和神父去世
雨水泡脹的床墊
革命志士賣唱：奮起吧！奮起吧！
一遍又一遍

你為我走入華燈初上的攤位
說書人朗誦一千零一夜
靈魂喝下我手指撫觸的
綠薄荷茶，皇宮旁捍衛
棕櫚的野庭園

「噢，你明明說了！」
環繞迴廊，你終究醒了
而我還轉著銀手鐲
反芻你胸口晃動的蠢念

壽域墓

供奉在這個諸羅城裡
八月一個堂皇的冠冕
提著搖籃走到墓碑另一方
風過後遍地的落桃都有獼猴臉的歲月
四野在雀鳥的競飛中歸於靜寂
所有古老的藍是經歷過雨水洗滌的邊綸布

導護的校門口，彷彿有私塾林立
菜市場圓環稠密人家的炊煙縷縷
有一個出口通往這神聖的森林
以炙熱的烈日與冷冽的月色
以斧鑿刀刻，歌誦賢母的仁德
白玉石碑佇立暗落的曲巷

季節連綿，春風吹拂妳前行的道路
柔軟的枝條是臍帶牽掛

泉池邊堅韌的核仁如今成蔭庇護家園
蔓生的芒草遮掩了歸途
石獅選擇遺忘。小鎮的高塔與神祇
膜拜安泰，風調雨順。以兒女之名

如枝椏般柔軟的手緊握劃過夜空的流星
點燃守候長夜的路燈
而妳已不是妳，躺進大愛的巢穴
那方或者彼岸雖遙遠
八月一個堂皇的冠冕
供奉在這個諸羅城裡

蘭屋

我們華麗的背對背朝外
同一枝椏上往不同方向延展
滴漏的沉默匯集成一座清潭
將共有的時間分為兩個洲渚
看岸上人來車往，鶯燕輕盈
山風吹來，沖消一夏溽暑

日子垂掛著一場復一場祭奠儀式
並肩於獎台上或孤單凝望浮城的角落
戴著素面的遊樂場面具
上下階梯踢著不分晝夜的十七步

我們以甜蜜眷養蜜蜂為信使
嗡嗡於此，我吻，蜂，吻你
嗡嗡於彼，你吻蜂，吻，我
開啟溫室的天窗，放於野，或野之外

回頭採擷金星碎葉和漫空飛絮

窗外是層層疊疊的山巒
東邊尖石峭壁，陵脊壯碩，日升
西邊幽林澗谷，煙霏雲歛，月落
無雨水澆灌，烈日照射，蒼茫的大漠
圍牆般的花瓶困鎖著單薄無痕的記憶
於是背長出嘴唇吟哦地老天荒的話
讓脫離垂蛹的蝴蝶羽化成熟
不在墳墓上，不在無涯的夢裡探戈起舞

暮春之城

小城有蒼茫的夜和片刻的曇花
零碎的肢體飄散著暗香
也有一片花瓣高掛在夜空
我常以為那是上弦月徹夜不眠
對他輕聲詠歌嗟歎

避居於自己築構的空中花園
牡丹花芽點燃的指尖
在空白的圍牆留下詩的幻影
鱗片包裹著成熟的軀體
能生育，也仍在起伏的風中搖擺

園裡有一條生命的水流
幽黯的角落時而開花不結果
孤獨未嘗不是慰藉當
所有的話語不再清澈如河川

歲月如秋千懸盪在翠枝上
我將四季寫成杜鵑和香豌豆
野菊和茶花。安歇在澄澄水畔

夢裡的小河晝夜迴環
你居住的樓房那方
疏影橫斜的陽台清潔明亮,書房
毫無一絲塵雜。你在我耳後塗抹鈴蘭香水
比禱告還真實的擁抱,是山谷的清晨
無梯子便能翱翔白雲天畔

早廚滿溢著筵席的菜香
窗外的土亦暖,孕育著萬有的起源
和殞落。也有復活的祝福
於方圓之間運行不止
我們於崇山峻嶺的懷裡屈膝
合一敬拜移山倒海的愛

儘管陶醉在花粉叢中

茉莉的胭脂，朱槿的盈盈幽香
柔軟的花瓣是聆聽的耳垂
深惜我說不出口的意緒
依偎著淡藍小花，極目遠望
草野一片無垠的碧綠

和平路小吃

如果三餐是母親精心烹調
堅守於風雨中又一成不變的愛情
想念母親便是流連在碗粿上
蒜味香濃的醬油膏
一如三番兩次更改的菜單
仍有善解人意的台灣腔
妳說過的家鄉語言
未曾在國小的河洛語課本出現

清晨總是以藍白拖開始
於晌午換成擦得晶亮的皮鞋
然而在冬天的日子，妳還是決定
找回自己簡單的步伐
收餐檯，灑掃，密封蓋蓋上
嬸婆一生醃製的辛酸

昔日的尿童圓環停止噴水
對面巷口彎腰的婆婆
今日仍用力刷亮
一個世紀養活三代的
白鐵大鍋攤台
映照夜空的下弦月
灼灼發燙

兔喻

兔子被雪地灼傷
如牠偷偷穿過白璧無瑕般的歲月
留下一坑坑的洞

洞孔或深淺，或近遠
或北風或寒霜窩藏其中
兔子無奈墮入
幼雛時的一個角落
覆蓋一個離去的影子
雪白的皮毛如一川冰河
止步於凜冬的出海口

一扇朝南的窗
可望到一群兔子親暱取暖
構築他們專屬的草窩
他在雪壁上鑿出一扇門

通往一座擎天冰塔
與北極星作伴
學嬰孩躺在歌謠裡的外婆家

相信雪地的洞穴通往青草原
雀躍的追著另一群兔子，和自己
沉默離去的影子

致母親

員林火車站月台汽笛聲響起
仍年輕的妳，抱著我對外婆說
愛妳。走進灰藍色的自強號車廂
記憶中的的車站有，三角鋼琴公寓
鏡子般牆壁的芭蕾舞坊、童話色彩的
圖畫教室和樹蔭下寂靜的至德堂

下課後和同學穿越草原和農田
用沾了泥巴的雙手溫習功課
奶奶教我炒菜洗碗，餵達西
待妳加班後回來與我躲貓貓
找不著，效法達西裹著棉被與星星

周末在百貨公司服飾部的地板
拾取珠針上的珍珠寶石
穿上妳未曾有的公主禮服

讓學校的教官和體育老師誇獎
並訕笑我守候星空上的小王子

以道家無為的教誨和信仰
領我青春翅膀入妳夢之園圃
月滿舊居樓頭，我們舉杯共飲
同賞一齣剪除了所有非蓄意
遺憾後再連綴編排的膠卷

牛

出生後第一個喊出的名字
不是爸爸。台灣城鎮的田埂間
馱伏在整個家族的軛輒下
拖犁走過四季的樹蔭與田野蒼茫
城邊夕陽暮色的水窪池塘裡
滾著汗水歇息著蟬聲蛙噪

牛的個性溫醇，力能犁田耙土
踩蹄輕哞時捲起漫天風沙
震驚三合院一棚豆瓜一窩家畜
我愛他的尖角彎曲狀不攻擊
僅讓偷偷靠近竹籠的野豬
遠遠的繞過酣睡的兔子和紅蘿蔔

當機械的齒輪快速輾過
電子秤不停宣告斤兩的裁決

退隱在鄉里草棚邊他的眼眸
慈祥如生養撫育我的父親
由是我得著生命。遂念及生這個字
原是一頭牛永恆站在故鄉的土地上

Buffalo

The first name I called after birth

Not dad. Among Taiwanese towns and fields

Dormant under the yoke of the entire family

He ploughs through the shades and fields of the four seasons

In the pond at sunset by cityside

Rests with cicada and frog noise in sweat

Buffalo is warm and mellow, powerful in plowing,

Rolls up the wind and sand when softly hoofing and mooing

Shocks courtyards' sheds of gourds and nests of livestock

I love his sharp curved corners don't attack

Only let wild boars who sneak into bamboo cages

Bypass and far away from the dormant rabbits and carrots

When the gears of machinery roll over quickly

The electronic scale keeps announcing the verdict

Retreated by the grass shed in the country, his eyes
Kind like father who raised me up.
I have life by him. Then I think about the word "life",
Originally was a cow standing forever
on the land of his hometown

Translated by Yuhfen HONG

離島

從新生路駛入過港隧道到旗津
記憶的沙灘吹來今夏破曉的風
天空完整如藍腹鷴的胸羽，而大地
重新體認沖刷黑沙的白色浪潮
是清晨奮起的祈禱。有詳細的住址
苓雅區的小公寓寅夜點亮的燈火飄搖
而每一段流浪的旅程都尋找到退潮後擱淺了的漂流瓶

徐緩的海風推著車身向前滑行
隧道上方的昏暗背後有海洋的無涯無邊
連結了水平線上的這個新城、那個舊府
已無軍艦的基地和領事館的金銀。漂流木
貝殼和棕櫚樹是見面的信物
真藍的對比色是南方的黑夜
唯一的光害是存留於記憶中繁鬧的月
使頭頂上流動的星子們都寂寞

鋼筋、水泥和野望，我們與如約而來的候鳥
從邊境逐步擴張未來的疆土
停駐，為港口命名，為貨櫃彩繪裝飾
將小島之最輸送至世界各個角落
除了你的愛，不以輪船乘載
直到我們終於順服大海的寬懷

結晶體、時間零、百科全書，抵達前迷了路
拿著手機，隨著定位系統指定的道路
隧道的盡頭會有一個安居的園子
圍繞著生命樹，它的燈經常亮著

候鳥驛站

往返於埃及地和紅曠野
飛滅的白鷺如煙似霧
秋空不分晴朗或陰霾
於高處使堤陸蔓延的蓬草
斜光中染上血紅的風采

Between Egypt and the red wilderness
Flying egrets are like smoke and fog
The autumn sky do not distinguish sunny or haze
Puffs and spreads the grass of the embankment at height
Stained in blood-red style in oblique light

域外詩抄 01 無停點的飛行

無關於你當年的食物
非陀勒、伽勒毗或麵皮
無關於飛往你國度的航班
始終過境，於黃土的上空
維持凌駕眾生的奔馳

非禱告使我回避袈裟的你
非跪拜使我不見風暴中的國土
我打從風雨交加的夜晚啟程
異國的燈火如彗星焚燒
一個虛幻的城市綠洲

蒙面無法使我停留
繽紛的手織布匹下隱隱顫抖
修行者行經巷弄的身軀
非輪迴使我婉拒暢飲恆河的水

所停留的洋式樓房無需救贖
幾近無智的只為一次
從 A 點至 B 點平行移動

天邊赭黃的鳥兒以流浪的飛翔
在箴言的高度與我擦身而過

Extraterritorial Poetry 01: Non-stop Flight

None of your food of the year
No Thali, Galepi or dough
None of the flights to your country
Always transit, over the loess
Keep running above all beings

No prayer makes me avoid you and Cassock
No kneeling makes me not see the land in the storm
I set off from a stormy night
Exotic lights burning like comets
An unreal urban oasis

Masking can't make me stay
Tremble faintly under the colorful hand-weaving,
The body of a practitioner walks through the lane
No reincarnation makes me refuse to drink

the water of the Ganges

No redemption is needed for

the western-style building I stay

Almost unwise just once

Parallel movement from point A to point B

The yellow birds in the sky fly astray,

Pass me at the height of Proverbs

Translated by Yuhfen HONG

域外詩抄 02 加爾各答航班

異教的空間裡所需的僅有悔改
孩童嘶吼的梵音使文明回歸本質
蠻荒的溽熱。被沖刷的是一種認定
於個室裡默禱的虔誠

坦露肚皮的紗麗扭動膜拜
髮髻的鮮花是馨香的祭
耀金的流蘇耳環彈奏著
創造、保護和毀滅之音
攜童子的杜爾迦女神啊！
守護家族的木雕從十隻張開的手
傳與四十五種婚嫁禮袍
長夜盤坐於地，以奧利亞語暢談

隨泰戈爾飛行的詩人是新興的
密教。將眉間的胭脂紅
點在提名代禱的清晨

域外詩抄 03 印地語

你的書寫是筆直的線，水準的
像宮殿的地板下，許多奴隸彎腰
撐著維持一個穩定的制度
偶爾不安份的突起是眾生的金剛拳
於漫漫長夜消解無明的煩擾

伊斯蘭、錫克、耆那、印度教
叮叮噹噹穩定中變化的錫塔琴
合流於一條無起伏的河川
匯流至一個洶湧的海床
世襲是無血的宗教革命勒索著
世世代代，以一條冗長無盡的褐色頭巾

你在甘地的雕像前撒下
萬壽菊、紅玫瑰的微微花雨降下
卻始終在平行的階梯上躍動
傳統舞蹈細微多樣的扭曲

域外詩抄 04 太陽廟

所有文明都有共同的壞習慣
重要的事刻在石頭上
更有共同的信念遵從那些奇異的
思想是世襲的，以上游的水
我說我適合生於印度

許是太陽的醫治大能，我們無瑕檢視
真理、文明和廟牆上影子的舞蹈
女性的姿態是四佛手
披著吐舌的響尾蛇
坐著躺著的飯後儀式
她們幸福的於欲望的光明海灘
陰暗的角落我始終仰望

隸屬於醫治的釋放。所有的虛偽
Konark, Ganga 王朝至今依舊

當我們定義獻身炙熱的光照之殿
總會回到一個簡單的姿勢
裸露的撫摸敏感之域

域外詩抄 05 布班尼斯瓦

你不在宮殿，不乘坐象背
於 Toya，和平友善的河畔
我乘舟於水上絲綢之路
抵達宣告國教之聖地
眺望一座佛陀之殿在暮色蒼茫的路上

夜來得太快，廟宇急忙點燈
孤單的行者穿越霓虹光紛擾的拱門
路旁豎立著七彩的祭壇
大象踩著風火輪巡邏異教色彩的閭巷中
跟隨你的身影在小吃店俗世的
色香與味中始終站立膜拜梵天
毗濕奴、濕婆、性愛、濕婆、毗濕奴
於此秧歌之地我想你
成佛前與我
遵行古老的神聖儀式，低頭垂目
於一次的悔改中渴望永生

域外詩抄 06 陶里道拉吉里峰

遠方的大亞河傳來阿育王的禱詞
古戰場乾涸的血為祭，塗抹篡改殺戮的罪
宣教是救贖的盼望，顛倒了
紅土斑駁的山漂染成聖潔的純白
和平是軟弱的懺悔遍地築塔
宣揚謊言的功績，惟屬天的神紀念
膜拜白峰的靈魂成為永生的子民

帶著不合好的和平與你同行
此地無愛的言語來架橋修路
你屈從於知識和戰史的輝煌
我的愚昧，我的仁慈。而勝利的獅子
非子宮裡出生的大象
無羔羊驚恐屈服的眼神
在一個共眠的晌午化為女人
熟悉的面容非你我，非他
那難以參悟的前世約定的暗語

域外詩抄 07 新德里候機室

這些紗麗使機場變成一座七彩的海
我是潛水夫，困在流動的空間裡
浮游仍有夢中穿梭的熱帶魚
鮮豔的嫣紅姹紫轉移對軀體不堪的注視
下垂的肌膚曾經滄海，曾經三叉戟的戰史
從最深的海底起駕回鑾
暗瘂的鱗片如人間的秋葉
遺落杜爾迦女神的光明燈中

而我喜歡黯淡更勝光明
日夜躲在兩行俳句的角落窺探
衝擊詩歌帝國的是撞色的強烈對比
幽玄是永遠的異鄉人以驚奇眼光
讓所有話語因懷抱自信而美麗
漂流的筆劃終將歸屬各個藩鎮
如嶺上之幡，如城頭之旗

慶典傳來急促的塔布拉鼓奏
紛紜的異色中遊客靜坐安息

諸羅城 01 嘉南美地

沒有人，只有一個標示，是木頭的
你看不見文字，只有草書
隨風土生土長

路是筆直的，貫穿兩旁渾然天成的綠
時而遠而近，他忘情的詩句
在洪荒古原的暮色縱火

那月亮，此時倘若升起，也是綠的
有生命，能呼吸
我眷養它在你看我的眼睛
拿起來、祝福、劈開、祝謝
同聲餵飽數萬公頃的思想

香蕉樹、木瓜、稻田、嗎哪
我們一直在南方坐著

發芽地活著
在南方

Jhuluo Town 01: Beautiful Chia Nan

Nobody, a wooden sign alone
Fail to see words, only the cursive writing
born and bred with the wind

Straight as a pen, the road runs through
natural green on both sides
Occasionally far and close, his unmoved verses
Set on fire in twilight of the primitive ancient field

If the moon's up here and now, green as well
As a living being who can breathe,
I capture it in your eyes looking at me
Take it up, bless all, break it and give thanks
With one voice, we feed thoughts
Hundreds and thousands of

Banana, papaya, rice fields and Manna

Always sit in the south

Sprout in the south

Translated by Yuhfen HONG

諸羅城 02 一九四五年至今

給陳澄波

一條油彩的河流躺在
俯瞰二次世界大戰的天橋下
你也躺在童子戲水的綠川
映照臉頰上燃燒的故鄉夏日
忽然，你消失在盡頭那方
河溝的清水也消失

一條血的河流與你連接到天上
在火車站前的圓環直兜圈子
不停留世上的法庭，卻前往聆聽
寶座前的水流一卷未公開的判定

你的家人還在垂楊路尋找一個身影
隱居在街頭潑灑的彩河裡

翻滾，嬉戲，為嘉義作無盡的夢
以瘦瘠的面貌成全
故鄉的每個角落

我走在商家和補教林立的垂楊路
公車如船，不按時的漂浮
千禧年後的小城沒有戰艦駛過
卻有一個暮年時忘記造型美的藝術家
將諸羅雕刻成一隻沒有著落的手
在高鐵快車飛過上空時
握拳等候施展的機會

諸羅城 03 旭陵文學步道

給渡也

他喜歡在山仔頂
用一段好長的歲月和一枝筆
等一個夢
幾乎每天都在稿紙和書上
醒著
過了幾個很冷的冬天

馨香光滑的紙頁燃燒
成冬天的陽光，以各國語言
將圍牆裡的方程式溫熱
融化為一首詩
讓弱小的十八歲含著微笑

窗外的藍滴出水

日夜染著制服
初次穿過鈕扣的悸動
飄落在腳邊的綠葉發光
飄落山下的風雲健壯的
回到山上的家
剝落的一支羽毛沉思站立
彎曲的石頭路旁

他思考
當文字走出椰林大道
該以何種體裁乘裝
方塊酥、雞肉飯和艷紫荊的音韻
帶著分行或不分行的地圖
航向一望無際的遠方

夢回來找他
旭陵崗上無需等待
一條恆河滔滔延續
生命的起初與末後

諸羅城 04 板頭村

荒蕪的土地溢出膏油的秋香
滋潤瘀青與滲血的傷疤
一頭牛都認得槽棚的方向
那怕被遺落在荒草地在稉收的稻田
年年豐作的土地今年未獻上感恩的祭
垂頭的穗子堅持不落在地裡

秋天的晚風躥山越嶺奉上
一世的芬芳使我看見光明
如壓水井引來的清泉混著浣紗的汗珠
我願是園裡一口封閉的井
不驚動不叫醒思愛成疾的夢與身軀
潺潺水流柔情誦唱
「妹子妳最好！妳甚美麗可愛。」

歲月以烈火熬煉陶瓷瓦片

如焚燒後的情書碎片，點綴背信的時間
板陶窯的桃花盛開，貓兒們聚集無聲
在白駒過隙中愉悅地徘徊在鐵皮屋上
於千萬個夜晚後混著沙土
記憶中春天的聲音
已落在芒花紛飛的野地裡

諸羅城 05 梅雨晴間

列車逐漸緩慢，停靠嘉義城
百鳥鳴囀於雨後稀薄的雲光散漫中
如清澈的水從屋簷輕輕滴漏
匯集成一條記憶小溪灌溉四周的活物
生命片刻停留。便看見美麗的景致
捲動一串填滿記憶的手機相冊

探手於涓涓水流清洌
撈起遠方青縹的山，夏日綻放的玫瑰
麥秋的金黃稻穗如波蕩漾
螢火灼灼，你俊秀的眼眸
書寫成俳句於村墟籬落荒野草田，與我

烏雲籠罩梅雨的高鐵車站
黑白相間的指標引領異鄉人
牆上的海報如馬賽克般模糊

落單的斑鳩背對整個天地的昏黯
報紙欄目如驟雨中掉落的楠木葉子般迷糊了前路
列車進站，門開啟，復聽見
一道河川竟明亮如水晶
填滿所有的低窪和空穴
萬斛泉源從我裏面湧流出來如歸巢百鳥

諸羅城 06 陽台

逢此高度才發現小鎮被眾神環繞
白鴿背著寬廣的天空,乳香般暖煦的風
癡迷的投入山巒連綿的擁抱

十一月的空氣有巴哈平均律的約束和自由
暗喻父的慈祥和佳偶的俊秀
那是寒冬前最後一次的飛翔,蚯蚓般的默默聲響
當世俗之情和天道之義共棲於現實的邊緣
一個湮沒的小鎮即是異鄉人切慕的故鄉

諸羅城 07 古厝遊

柔光安靜的坐在閨房最深處
斑剝的老花磚紅眠床喚醒了
長壽花、牡丹、孔雀、白鶴的圖紋
半夢半醒的牽著古老的春天
臥躺在時間巨流中黯淡為
黑褐色檜木底座

三合院的紅瓦屋頂俯瞰
兒孫滿堂的圓桌旁那隻喚作年獸的
以山魈之姿藏於家人互望的眼神
牆上的春聯無言訴說著吉祥的話語
一則搶救老屋的記事體文
蜷曲在風雨廊的盡頭

當怪手離開破碎的頹垣瓦礫
你雙手拾起半埋沒的花磚

拭除水泥，清洗青苔與黴菌
並緊閉著眼默念這個滄桑的
日子。割捨鑲在屋脊上
祈求豐年的果實

Travel to Old-style Houses

Soft light sit quietly in the deepest part of the boudoir
The spotted ancient red-tile bed wakes up
The longevity flower, peony, peacock and white crane patterns
Holding the ancient spring half asleep
Lying down dimly in the tide of time,
A dark brown cypress wood base

The red tile roofs of the courtyard house overlook
Nian Monster at the round table with children and grandchildren
Hides in the eyes of family members in the form of a mandrill
Spring couplets on the wall silently say auspicious words
A narrative note for rescuing the old houses
Curves at the end of the wind and rain corridor

When the excavator leaves the decadence and rubbles
You pick up half-buried tiles with both hands

Wipe off the cement, clean the moss and mold

Close your eyes and meditate on these vicissitudes

Life. Cut off those on the ridge poles,

Pray for the fruits of good years

Translated by Yuhfen HONG

候鳥驛站

過多的奢望在清秋的浪中襲捲
巨大的聲響使浮生的一切沉默
虔誠的風啊！何不停止禱告？
大海的幽靜正悄悄地呼喊
沉睡在夢中的你被擁抱著
看不見環繞的胳臂是連綿的溼地森林
或飛過低空的燕鷗展翅盤旋

而我是小小的島
在海風擊打中翻滾作樂
夢裡滑翔，披著聖潔的白衣
於蒙灰的天地間嚷嚷自語
細數乘風逍遙的日子
剩餘的音量宣告家族的名
日夜冀望跨越無垠的太平洋

遠道而來的候鳥停息斂翅
沐浴著狂飆的洗禮，默唸古老方言
以身體為寶塔佇立國境的邊陲
安靜聆聽命運細碎的叮嚀
燦爛輝煌的日光中鎮定駐留
永久移棲的小小汀洲

往返於埃及地和紅曠野
飛滅的白鷺如煙似霧
秋空不分晴朗或陰霾
於高處使堤陲蔓延的蓬草
斜光中染上血紅的風采

秀巒山

紀念碑前的熊蟬鼓譟的說明了
一個奮鬥的精神時代如百花散盡
青苔斑駁一世紀的閒置，埋沒了先民攜手墾荒
功勳於枝椏盛開後隨即凋零

曲折巷弄分別了山的荒涼和聚落的繁華
修葺刷新的廟宇無炙熱香火，靜默的預言
鑄造一座祭祀台頌揚禾麥豐登，民生安泰
街口僅餘參賽的茶罐和餅舖的旗幟

信奉石碑的真實，商家的虛假
蟬鳴伴我登亭遠望島國的邊境
半里外的烏雲籠罩浮城
逸樂富厚的日子裏精神薄弱
如棲身矮枝的蟬羽，居息遊宴而剝離了
過重飛不起的身軀。鳴或不鳴？

稍縱即逝的生命於漫長的雨後
雲間的夏日光照聖地的碑文也光照
登富樓的小池，錦鯉沉落幽暗水底

不顧過往今生，春去秋來，日間的短夜
脫蟬蛻，登高枝，祈福的天籟繚繞
一遍一遍成全所愛的暗與明

故事館的工坊

相對於厚重的醫學辭典，一個單字已過多
讓一個新生的日子懸掛為八月窗簾外的星斗
破碎的話語穿梭其間，隨著流星殞落
牆上的天使娃娃她有紅咚咚的心
喜樂使腦麻痺，若障礙的日子不能久坐
將臨圈的毛球排列成不完美的弧線
你筆直的手握著的羊毛是紫色，宣告末世的
聖所，和我，提早走向鄰近的廢墟

日復一日你專注於練習，與默然不語
盼望總是過度簡易的
平和與饜足。考題上毫無鑑別能力
當地面轟然興起一座高塔，我看到眾多的天際線
撕裂著城市狹小的空間。地表熱風如焚
將耽於歡樂的饗宴焚燒為窗外曠野無邊
蒙召的山腳下等候你於山巔舉起的右臂
將記載中的礙，裝進手作的麻袋裡送走

你的礙，背著邱比特的翅膀

飛過羊毛氈的花園，輔具眾多的宇宙

當熱氣球緩緩上升，隨夏日的風破曉

或許你該提醒我何時降落

稻田縱谷間流著奶與蜜如經文記載的應許之地

是無名，撲打教養院不經滄桑的歲月

撿拾一枚藍田石如同妳當初未雕琢的

眼眸。我曾抵達的樂園，果樹繁茂滿枝

如今盤坐於失落的階梯舉目仰望

掛在天上的是木工的六角星和六齡娃兒

海綿畫筆下，彩繪四周襲卷的風浪

垂下一縷毛線將軟弱提升至同溫層的高度

剛強的領我到命運的寶座前讚美

牆椽上的天使四圍安營搭救，號角聲不遏

工坊的角落，陰暗處的木匠埋首

以弓鑽為我們製造輕省的軛，門後有板車

於雨後遼闊的稻田裡收割莊稼，沐浴充沛的陽光

忠孝東路一段

從目的地往車站行走
白千層樹如包裝的迷濛歲月
前進中緩慢地撩開
愈加繁華的櫥窗裡我是赤裸的
凝視消失於過往的老屋和陋巷
早已朦朧成遠方的雲陰

埋沒於匆忙視線的官府城門如今
重生在車水熙攘的首都大道
蛻變的招牌見證了生命的破碎和蠕動
行道樹的落葉和咖啡館的藝術塗鴉
恍惚間盡是離站列車的地下道綵飾
夜將黑，向日葵黃、深海藍、青草綠

清院本

風中，一葉小小的木筏
沿著城廓划入絹本最深處
皇家鹿群隱沒於郊野嵐霧蒼蒼
荒草枯荻遮蓋了一座
乾隆皇下令百姓遠離的墳塋

青黑的沼澤畔，有人自馬上仆倒
被乞丐誤撞。深宮前閉鎖的園囿
奇花異木散發濃烈氤氳
老嫗躲於內室窺探陰晴不定的遼茫
運河翻滾著氾濫的濁水
大宅門第，有紅燈籠點滅之處

汴京商賈繁盛，野棚戲子和說書人
招聚善信童子觀賞稗官以身作則
求一己之福，在最靠近冥河的汀洲

水紋上被畫匠捨棄的臉孔
沉浮在淺眠的蘆荻夢中
哀號如狂風相互撞擊

傍著宮殿露臺的綺欄
默念庶民最大的苦難是從眾
裹小腳，留辮子，貼蛾黃
學習祖宗翻查黃曆、讀手相
而手，能使一個民族雲翻雨覆

反抗軍臨城，不反清不復明
不祭祀歷代流傳的負累
流無辜人血的土堆田埂間
砍斷破除重重纏裹的枯椿敗草
掩埋汙穢和腐臭的惡果

暮色裡

夕陽是呢喃的晨禱，溫柔喚醒晚霞
微光覆蓋著小城深處的瓦礫
一隻蜘蛛寄望於牢固編織的網
收羅了天地間殘留的日照
我一天的開始

禱詞裡有一席預留的座位
任由長夜隨意歇腳
也有一口暮鐘叮嚀地面
逐步加深的影子
此時若有雨聲，那是無色的晨曦
走過無月的夜於日出吶喊

你的名
當烈光於夜明翻騰
腦海烙印永恆的

詩語如山腰環繞的雲霧

我的靈渴望站在不退的暮色裡

行走黑夜如白晝

將肉身赤裸獻給

你的詩

宣聖節

阿納弗·奧格·蒂莫斯
正月十七的黃昏，當守宣聖節
臨聖會，歇諸工，按宗族
排班次，擊鼓跳舞

Anaph Orge Tymos

Dusk on 17th of the first month

Keep the Nuncio-Holy Day

Hold a sacred assembly

Do no work at all, by clan,

By shift, praise him with timbrel and dancing

宣聖節

按著家門口，封閉地窖
阿納弗·蒂莫斯，烈火焚燒
宰謝恩的牛羊，蘸盆裡的熱血
伏在洞口的鐵門上，聽羊角聲響

守這永遠的定例，你們和子孫
貢獻給先覺聖潔的祭
當傭兵被囚禁在幽靈的地底
服塵世的各樣苦役，和泥製磚
咒語破除了纏繞的枷鎖
沿著話語復臨到自由之境

阿納弗·奧格·蒂莫斯
正月十七的黃昏，當守宣聖節
臨聖會，歇諸工，按宗族
排班次，擊鼓跳舞

歡呼歌唱，揚五彩旗
頌讚解奴役之覺醒夜

雪山頌 01 風花

冬日的雪以晶亮的粉塵塗抹於大地
無數個微生命蒙呵氣而後重生
是光之嬰孩裸身顫抖呼喊
孕育他們的赤天，白雲般的浪濤
輕撫阿伊努古文刻劃的冰屋
烤焦棉花糖香氣的禱詞瀰漫
曙光暈紅的山峰群象般連綿
披著銀髮祥和的端坐
崩塌前貼近生死的臨界點

恩典的女神輕敲琉璃掛鐘
一道初光碎裂成七彩粉亮
天使的羽毛紛紛零落
半空中化為千萬隻寒螢舞動
將萬物席捲在點滅的雪繭裡
於光蕊顫抖的剎那間羽化
成了她最忠誠的隨從

雪山頌 02 冰霜

大雪埋沒了所有的色彩
如燭光熄滅，撒下蒼白的灰燼
風尋回他的形狀，捲起漩渦
率領冰霜和濃霧巡逡大地
將一切的污穢銀化成初生的樣式
白樺木於高嶺處彎腰
如有雪人在他的身上恣意揮灑
按著萬古以先繪製的藍圖
雕塑成懸掛聖所的柔軟藍色布幔

躍動的山鹿不往高處挪動
八月的草場轉眼成十二月的冰原
藏匿乾涸的石狩川畔洞窟
舔著負傷的腮巴流下苦澀的血水
被霜雪染白的污穢皮毛
裹著冰柱般脆弱的骨頭
屏氣凝聽的，那是耶利米哀歌

雪山頌 03 寒霧

緊盯著眼前三尺地面，茫茫遠方
灰影吞噬了枯槁的松林和長青樹
陡坡上滑行的人偶撞球般逐次仆倒
凍僵的肢體躺臥不動
任由灰燼埋葬，一遍又一遍
投射於城廓壁面的圖騰瞬間垮下
殘留一片無臉容的慘白
遮掩了晝夜不熄的金燈台
兩槓抬起的皂莢木櫃子
染紅的公羊皮帳幕靜候所有離去的

滑落雙手挖掘的冰塚裡
鐵鍬鑿開一孔小洞
從中窺探狼坑裡的但以理
俊美的側影不屈膝敬拜
與銀狼共餮聖女血肉
聽五弦琴悠悠彈奏敵國的凱歌

雪山頌 04 雪燈

沿著映照月色的雪壁
步行前往燈火明滅的帷幕
聖潔的光芒微弱，隱沒的滿天星宿
飛掠的烏鴉和屬於他的黑夜
重拾一枚逝去的雪花
讚頌獨一無二的奇蹟
勇士的刀劍和馴鹿的丫角
殉教的火焚化後復歸淨土

裹著獸皮的北國巫師
帶領軍隊翻山遠離
聖鐘敲響臨春的寒光
湖水純釀的白葡萄酒香氣
海帶，鰊魚，干貝，柴火
禁食禱告節的前夕
族人相擁圍坐篷間
舉冰杯祝賀雪地生還的殘命

藝廊

以開闊的視野丈量城市裡
支架與框架般的景物
螢幕裡翻開書的一扇窗
焦點在重重疊疊街景圍困著的
一株受傷的千層樹
你以不同的筆觸描畫
阿米巴的形狀，伊魯炊吉水母的線條
相扣為四格漫畫般的排序

用顏料紀錄陌生人的臉和身體
不創新也不依從另一個慣常的角度
維持中古時代宮廷禮節的距離
敢於赤裸裸地突顯深沉的陰影
而手指該如何停下來
不去窺探，那些滑過的臉孔
在你的淺睡期上演反覆的啞劇

周末的陽光噴灑在城市的各個區域
分裂成繽紛的色塊遊走街頭
你擷取若干布置公寓的牆壁
過些時日又一一拆下
掛上重新拼貼的布拉克

你期盼未來是公共空間裡
地景的雕刻或形象
野獸派或佛洛姆式的展示
和繆思談戀愛的花火
開在超現實或夢幻的國度
或是一面潔白的畫布
以原始的純淨躺在城市的角落
不任由一道光線
在身上劃下傷痕

麒麟之地

晨光照亮了這一大片的工地
於漫漫長夜後終於如神祇之降臨
公寓旁一條黝黑的河流蜿蜒
連結了這個高樓和所有未見的屋頂
電梯不停攀升，天空便更寬更邈遠
我如今更為孤立。是地標上晝夜不滅的霓虹

城市有許多零碎的角落，讓鋼鐵和砂土
填滿一座又一座扭曲了的地基
寄居的星斗市民在豆燈之下
成為互相連綴的基石。從工地走到大賣場
賣場返回工地。所有的慾望被排列為
空調間裡的裝飾物。讓我們忘記匱乏與窮困
總是以千手來開啟更多的空房

城市不停搭建擴張，燈塔愈來愈遠，孤單如

夜幕底下的老者，老舊傾頹的路
只是過程等待著被建造。在轉角
我們因此有更多的時間原地踏步
於不經意的時刻對彼此點頭
或頷首微笑。讓每個建築成為陌生地
讓異鄉人牽手聚集。車站，三角公園
情侶證婚的教堂，文青或偽文青的咖啡廳
流浪漢白日安眠的地下道
陌生人促膝長談的樹蔭石椅與涼亭
久纏病榻的人在療養院的燈下佇立
哀嚎的人被法院的欄柵遮蓋
我們的城市是無比的好，有溫暖的
居所。當這漫漫長夜的燈熄滅
晨光遍布在這一方麒麟之地。我仍在

量子文學

從中山書街平行移動至
晌午點燈的胡思咖啡
從意識流的普魯斯特溜進
超現實的洛夫詩選
我們還能從哪兒進入
黑洞裡的未來
或過去。時間裡漂浮的 wave
僅有能量如光無所不在
不以存在的形式溫暖
稍縱即逝的我們

從戰地的坦克車平行移動至
紀念碑聳立的白色山丘
從意識分裂的國土走進
財主與乞丐分享麵包的城門
將你給我的這顆橘子放在

伊甸園的亞當和夏娃手中
陽光量子般歡騰
在雙連至中山的捷運公園
在永恆的蟲洞裡不打盹不睡覺
尋找通往榮光的最短路徑

肖楠，你當彎曲

筆直的權杖貫穿天上地下
讓他們的懺悔披戴青苔
讓濃霧遮蓋攀過的山頂
不復眺望
讓雲海哀哭夕陽西下
遍地野草搥胸撲倒
夜的斧鋸旁
讓靜止的湖面升起
放漾的溪澗降下

他必降臨必宣告所有挺立的
必不擇地率先倒下
紅檜已躺在百年前山腳
香杉已伐倒山嵐旁鐵道
千年神木已平鋪地表
誰為歸土的墓誌銘彎腰？

誰為蒼天的榮耀屈身？
肖楠！你當彎曲

食藕奇想

胸前劃開一刀
無數個破口蔓延
如影尾隨一個
一個句點
空洞的世界是否沒有
空洞的涯角？
靈不請自來
追著時間背影
滾燙水底孟克的吶喊
骷顱臉相覷相應
當活在失落的帝國

失落帝國巴倫
沒有數字零
零是無生無死，非夢非醒
無所有所為，無所住所想

零是深沉的低音
在細長的腹腔蠕動
接近完美秩序的 000000
靈他伸出手推開窗口
像推開自己無數句點

WORD

翻譯成中文的道更美妙
非蜉蝣記憶的道非常道
嘴裡尊崇卻只餘吞噬的力量
非鋪墊地上，堆滿垃圾與汙垢
默默潛藏於幽暗之境
有行路人經過急忙跺足踐踏的

是大階，拒絕以倉頡的話語書寫
使我們從堆疊的書架中找尋救贖
冷然眺望所有數位的浮光掠影
當天上的文字滋潤聖徒的肌膚
縱道非常道，然道成肉身

聲響如清晨的風細柔呢喃
吹撫一天攀過一天的風急浪高
一日漫過一日如彎曲沙洲

我寫下的字如殘骸橫躺
星斗中下沉消失的，是北方的邊界

森·咖啡館

驀然舉目，一叢華茲華斯的水仙
在水之湄的咖啡館內搖曳
山谷環抱的湖畔詩人們
描繪的雲在象徵的天空中漫遊
沿著湖岸排列成孤島卻相繫著

西風已歇，揚不起帆的老舟子
停留在沉睡的湖之央，任歲月的波紋
消逝在遠處茫然的天際線
信天翁在急流般的湖面翻騰
躲避甲板上扣下板掣的瞋目水手

音樂裡的彼得走到屋外的草地
如羔羊之姿在禱告
把叢林裡撲向折翼翠鳥的野狼
自獵人冰冷的槍管拯救

赦免其繩罟於國家動物園之罪

窗外一塊淺石地，半畝池塘
我擱下作者 J 的文學著作
思考如何動手挪開緊緊相挨的卵石
焚燒層層纏繞的荊棘叢
播下帶著翅膀的種子

午後之幻影

解開黑森林重重的枷鎖
有猛獸僄疾，自幽谷與深淵撲向你
九對聲齒是貪婪者的勝利標記
將落敗者剝皮拆骨，飲血啖肉
為躲避幻影的尖牙銳爪
惦掛滿山的深坑和石塊
沉睡於日落餘暉的孔穴中
隔著一世紀漫長的黑洞
彗星和它絕對的光，遽然殞落在墳坑上
就等一個良辰將你掩埋

惡龍阻擋的小徑通往聖寧的山肩
騰空直達九重天外的異界玫瑰
熾愛的星宿率領智慧之矢
和平之號角，與戰爭之旗幡
福靈默禱之下，鼓動短翅凱旋而歸

於焉，可睹的顏容皆屬良美
可睹的光芒揮發燦爛
向上盱沖天地的完整韻律
向下灑落一絲一縷的金羊毛
在科爾基凱的聖林
為我歸回的日子向戰神獻祭

不回望石柱，佇立起伏的心湖畔
差遣三隻好食義德的獵犬
將猛獸逐出山腰，趕回
眾亡魂登陸的海灘
燈心草圍捆，滴刷瘴氣和煙霧
用雙膝和額頭表達痛楚
觀望陽間愚行的終夕
找尋向上攀登的緩坡
回首逝景，淺霧柔彩如煙迷濛
分不清曲巷窄道和林蔭坦途

曙光從水晶天折射虹彩微片

凝成飄渺的玻璃泡球
如眸子虹膜中心的圓瞳
佈滿著千千萬萬奔流的河川
籁籁地生起，爆破為複合氣音
如水天渺渺中空靈澄明的星斗
睜眼閃傳欣喜，似一場夜雨淅瀝
闔眼還原無邊的黝暗是沉夢
駛過浩瀚的迷航後，港口的風
飄揚的彩帶與海鷗的白，埋藏著
新生卵般破碎的聲音

夏洛特

剪除扎手的莖刺和枝節
妳無須過重的盔甲
乾涸的山谷瀰漫香氣
無月夜灑下棉柔的星光
牧神在霧的迷宮對妳吹響
交頸天鵝的慢板序曲

剪除牢牢抓地的根
花瓣的羽翅乘著樂聲起飛
直往春光粼粼的玻璃海
飄羽將海染成金黃香檳
所有的生命紛紛醉倒
在流淌的源頭
不以土塑身
也不歸於塵

神話

夜晚只是夜晚
奧德修斯的船停止漂泊
潘妮洛的橄欖樹不再凋零
挽弓，將現在帶入過往的深淵

如果星星只是星星
星球上的小王子不見了
手裡被呵護的玫瑰
縱使馬背上的騎士失去
一枚藍十字徽章

把所有的象徵還原
令人失眠的或雙手擁抱的
都成為孩童首次望見的樣式
黎明時獨自憑欄
山外的微光漸次明亮

等候親愛的喚你下床
及時敬拜身旁與身外的所有

生命無須像吸血鬼住在
碩鼠橫行的廢墟
浪跡於新生和死滅之間
尋覓感官無盡的幽靈

推門進入陽光瀑布的森林
來訪的風，坐下
飛舞的秋蝶，坐下
滋潤帽沿的驟雨，坐下
我們圍著圓桌坐下，共享筵席
宴罷揚手，注目卻相忘

Myth

A night is just a night

Odysseus's boat stops drifting

Penelope's olive tree no longer withers

Draw a bow and bring present into the past's abyss

If the stars are just stars

The pampered rose is gone with

The little prince on the planet.

Even the knight on horseback loses

A blue cross badge

Restore all the symbols

Those making you insomnia or embrace with both hands

All become the style that children see for the first time.

Alone at dawn, lean on a railing

The low light outside the mountain gradually brightened

Waiting for the dear to call you out of bed,
Worship beside and all around in time

Life doesn't need to live like a vampire
In ruins running by rats
Waving between newborn and death
Finding the endless sensory ghost

Push the door into the forest of Sunny Falls
Visiting wind, sit down
Flying autumn butterflies, sit down
Moisturizing rain shower, sit down
Sit around the round table, we wave after the feast
Gaze each other and forget

親愛的 P

你從高塔走下來，蜷曲在失落城鎮的一隅，打造了紫丁香、紅菊和繁花的園地。在日與夜之間垂掛吊床，沉睡著，編織灰色的草皮。陽光掀開一小片藍天，我看見它的溫度。淺藍的是溫暖，灰青的是沉靜。偶爾飄來烏雲帶來灌溉園地的雨水，使蘆葦般的髮絲茂密滋長，使滿園的果子碩壯。

海洋在我們相依的世界裡保留極大的空間。當盛夏的薰風傳來你的呼求，我便以話語在你唇上塗抹蜂蜜，於吻你時將它舔回。當伯利恆之星閃爍，是我徹夜彈琴對你輕唱「我真愛你」。請你把書放下，走到納西瑟斯的湖邊，默默凝望水面的映照。是你深深被愛著的模樣！

J上，二月十四日

Dear P

You came down from the tower, curled in a corner of a lost town, created a garden of lilacs, red chrysanthemums and flowers. You hung hammocks between day and night, fell asleep , and wove gray turfs. Sunlight lifted a small piece of blue sky. I could see its temperature. The light blue was warm, the gray was quiet. Occasionally, dark clouds brought rain irrigating the fields, enriched your reed-like hair and made the garden full of fruits.

The ocean reserves great space in our dependent world. When the midsummer wind bring your calls, I will smear honey on your lips with words, and lick it back when I kiss you. When the stars of Bethlehem blink, I play the piano all night long and sing "I really love you." Please put the book down, walk to the lake of Narcissus, and

silently stare at the reflection on the water. It's the way
you are deeply loved.

J, February 14

【後記】
四種愛

　　讀詩如讀愛，並都屬於剎那的美好，卻能抵達永恆。

　　達西是我第一個男友。放學後一踏入家門，他便飛奔而來，在我全身上下親吻，留下黏膩的印記。每當班級導師揮動著竹籐子命令我們排隊站好，我便想到他注視我時，眼眸裡的那一道虹彩。在初春野草紛飛的午後，他拾取一枚含羞草的櫻花粉紅棉絮，擱在我靛藍的百褶裙上，作為一生的定情禮。

　　仲夏最後一場的驟雨過後，他整天咆哮，對我的所作所為表達極度的不認同。他學黑白電視機狹窄螢幕裡的君王，大聲宣告他的命令，並將所有違令的關押在一個競技場裡，任由野獸瘋狂的蹂躪。於是我開始學摩西在學校和公寓的曠野中漂泊，帶領一群三年二班的小學生從司令台起行，安營在巷口的柑仔店和枝仔冰舖中間。那是我第一次學會愛情的「變臉術」。

　　教會小組的姊妹淑珍在家居的後院打造了一座玫瑰花園。亞伯拉罕達比、夏洛特和秋日胭脂以馥郁的強香灌醉所有前來探訪的人。她清晨早起，以絕妙的比例將肥料與三種不同的土壤混和，為九十九朵玫瑰蓋上溫暖的棉被，並除去搔癢的雜草，喚來春雨綿綿滋潤她們的腮紅。晌午的光裡沏一壺香草茶與她們促膝閒話，當日影落在玫瑰園外的池塘上，我們才吻頰告別。

　　淑珍熱愛玫瑰。她說：「玫瑰像海森堡的測不準原理。她的香氣永遠是個謎，讓我猜不透那微妙的配方。她重疊的花瓣是至美的藝術，每一秒都在變化。」我想起電影《大國民》的主角凱恩臨終時提及「玫瑰花苞」，不是為了概括他的一生，而正正因為她無法概括一生，包括愛情。

　　談及對於詩的愛，或愛與詩，我總是不知所措。因為，我們如何能以一個謎題來破解另一個謎題呢？我們可能知道她們當下的形貌和香氣，以及當時在我們心中留下的感動，卻始終無法理解她們代表的一切意義。但是我十分確信，所有的愛詩者也必定溺於愛情，因為她們在本質上相通。讀詩如讀愛，並都屬於「剎那的美好」，卻能抵達永恆。相信正在翻閱這本詩集的你，必定同意我所說的。讓我們以文字來隔空擊掌，那即詩的力量。

　　今天早上我又來到淑珍的花園。所有的玫瑰在春陰遲疑的天空下，裹著聖潔光芒的羽衣，似乎就要展翅飛翔。我彷彿臨到聖地，只能謙卑的屈膝膜拜，讚嘆造物者至善的榮耀。而我的受造奇妙可畏，這是我深深體會的。此時徐徐吹拂的風，如《活著就是愛》的德蕾莎修女正對我輕聲說：「現在是行動的時節。」現在是行動的時節。愛與詩，都是互古不變的真理。此時如有一雙溫柔的手使勁的環抱著我，使我浸泡在天父昔在今在永在的慈愛中。

洪郁芬

2020 年三月吉日

Four Kinds of Love

Reading poems is like reading love. All belong to the beauty of the moment, but can reach to eternity.

Darcy is my first boyfriend. Every time I stepped into the house after school, he dashed to me, kissed and left sticky marks all over my body. Whenever the class instructor waved a bamboo rattan to order us to stand in line, I thought of the rainbow in his eyes when he looked at me. When weeds were flying in the early afternoon, he picked a pink cotton of mimosa, and put it on my indigo pleated skirt as a lifelong courting ceremony.

He growled all day after the last midsummer shower, and expressed extreme disapproval of whatever I'd done. He learned from the king in the narrow screen of the black and white TV, declared his commands loudly, and imprisoned all the violators in an arena, and let the wild beasts ravaged them madly. So I started learning Moses wandering in the wilderness between school and apartment, led a group of class two third-graders in the elementary school from the command platform, and settled in the lane between the snack shop and the ice-cream shop. That was the first time I learned the "face change" of love.

Shu Chen, my sister in the church group created a rose garden in the backyard at home. Abraham Darby, Charlotte and Autumn Rouge intoxicate all those who come to visit them with a strong fragrance. She gets up early in the morning, blends fertilizer with three different soils of awesome proportions, covers ninety-nine roses up with it , removes itchy weeds, and invites Spring rain to moisturize their blushes. I make a pot of vanilla tea in the afternoon light and chat with them. When the shadow falls on the pond outside the rose garden, we kiss cheeks and say goodbye.

Shu Chen loves roses. She said, "Rose is like Heisenberg's uncertainty principle. Her aroma is always a mystery that

I can't guess the delicate formula. Her overlapping petals are beautiful arts changing every second." I remember that Kane, the leading role of the movie "Big Citizen" mentioned "rose buds" at the end of his life. He used this symbol not to summarize his life, but precisely because it was unable to summarize his life, including love.

When it comes to love for poetry, or love and poetry, I'm always overwhelmed and speechless. How can we solve one puzzle with another? We may know their appearance, aroma and the emotion that left in our hearts at the moment, but we'll never understand all the meanings they represent. Nevertheless, I'm pretty sure that all poet lovers must be addicted to love, because they are essentially connected. Reading poetry is like reading love, and it all belongs to "the beauty of the moment" which can reach to eternity. I believe that you who are reading this collection of poems must agree with what I said. Let's high five by texts, and that's the power of poetry.

I come to Shu Chen's garden again this morning. All

roses under the cloudy sky wearing coats of holy light, seem to spread wings. I feel like I'm in the Holy Land, can only bow and worship humbly and marvel at the Creator's best glory. I am fearfully and wonderfully made, and I know that full well. Now wind's blowing slowly, like the protagonist of "*Love until it hurts*," Mother Teresa says softly to me, "It is time for action." It is time for action. Love and poetry are eternal truths. There is a pair of tender hands hug me at this moment, soak me in the love of Heavenly Father.

Yuhfen Hong
March, 2020

【附錄一】作者手稿

親愛的P

你從高塔走下來，蜷曲在失落城鎮
的一隅，打造了紫丁香，紅菊和繁花的
園地。在日與夜之間重掛吊床，
沈睡著，編織灰色的草皮。陽光
掀開一小片藍天，我看見它的溫度。
淺藍的是溫暖，灰青的是沉靜。
偶爾飄來烏雲帶來灌溉園地的
雨水，使蘆葦般的鬈絲茂密滋長，
使滿園的果子碩壯。

B

海洋在我們相依的世界裡
保留極大的空間。當盛夏的薰風
傳來你的呼求，我便以話語在
你唇上塗抹蜂蜜，於吻你時
將它舔回。當伯利恆之星閃爍，
是我徹夜彈琴對你輕唱
「我真愛你」。請你把書放下，
走到納西瑟斯的湖邊，默默
凝望水面的映照。是你深深
被愛者的模樣！

丁上，二月十四日

D

國家圖書館出版品預行編目（CIP）資料

魚腹裡的詩人 / 洪郁芬著 . -- 初版 . -- 新北市：
斑馬線 , 2020.05
　面；　公分
ISBN 978-986 98763-5-3(平裝)

863.51　　　　　　　　　　　　　　109005728

魚腹裡的詩人

作　　者：洪郁芬
總 編 輯：施榮華
封面設計：游雅卉

發 行 人：張仰賢
社　　長：許　赫
製　　作：創世紀詩雜誌社
出 版 者：斑馬線文庫有限公司
法律顧問：林仟雯律師

斑馬線文庫
通訊地址：235 新北市中和區景平路 101 號 2 樓
連絡電話：0922542983

製版印刷：龍虎電腦排版股份有限公司
出版日期：2020 年 7 月
ISBN：978-986-98763-5-3
定　　價：320 元